小蟲——著

人生短短幾個秋

人生短短幾個秋　不醉不罷休

東邊我的美人哪　西邊黃河流

來呀來個酒啊　不醉不罷休

愁情煩事別放心頭

目次

我不知道祂在哪裡，但我一直知道，祂在我心裡。

祂有很多傳達者，存在個個領域，我相信我也是其中一，所以我才會常常收到祂給我的音符與旋律，還有文字與美學，藉由這些美妙的聲音，美好的畫面與言語，來傳達祂想告訴我們的所有真善美。

祂沒有不在，祂，無所不在。

漸漸明白，唯有相信的人，才能感受到祂的恩典，唯有純淨的靈魂，才能擁有祂的一切。

——一個渺小的傳達者　**小蟲**

其實我不見得認識小蟲

謝鑫佑

要編輯側寫作者，是很殘酷的。

在台灣，不知道小蟲這個名字的人很少，沒聽過小蟲音樂作品的人更少，許多歌可能聽過，只不知是小蟲作品，例如「愛江山更愛美人」、「你是不是我最疼愛的人」、「小雨來的正是時候」、「情關」、「心太軟」，甚至已故歌星鳳飛飛原唱的「涼啊涼」，這些歌朗朗上口，數十年後仍人人會唱，已是時代經典，即便對華語流行歌曲再不熟悉，也對這些歌曲有所聞。

對身為小蟲第一本書的編輯的我而言，小蟲之名如雷貫耳，知道他寫過不少經典歌曲，卻無法一一細數，因為小蟲這個名字對我來說，有著更重要的位置，那就是電影「阮玲玉」的配樂作曲人。

一九九二年關錦鵬執導、張曼玉主演的電影「阮玲玉」上映。那年我十四歲，國中二年級，這個年紀該有的個人主義發達、自我中心、過度自尊、幻想、叛逆混合成對死亡的好奇，尤其自殺。「阮玲玉」這樣渴望卻又不想被人理解或認同，最後自我毀滅的真實人物自然吸引了中二病不輕的我。

　　換句話說，這位巨星比電影更讓當時的我著迷，關錦鵬的電影只是讓我知道有這號人物存在的入門磚。看電影前，我花了不少功夫尋找關於阮玲玉資料閱讀，同時也買了原聲帶來聽，因此阮玲玉這位一九三〇年代中國影壇巨星在我腦中的形象，是由一張張翻拍的剪報與電影配樂所構築而成的。

　　中二病不輕的我，在中學時代特異獨行避開流行歌曲，柴可夫斯基、舒伯特、蕭邦等古典音樂家是卡帶購買的唯一選擇，所以當看到阮玲玉電影配樂作曲者有如玩笑般的名字時，曾一度困惑，但又好奇這些如詩般的曲子是什麼樣的人所創作。

　　阮玲玉的配樂有一種淺淺的哀傷，不是哭天搶地的悲痛，而是彷彿心底有個積水的洞，洞裡的水因某些因素微微泛著一層不曾停過的漣漪。當時的我深深認為，作曲者一定很懂女人，就像擅長探討女人的導演關錦鵬一樣，他能用音符描

述某一種女性獨有的憂傷與無奈，然後延伸到每個人身上，特別是後來又聽到電影「白玫瑰與紅玫瑰」配樂，更深信這位作曲者的心理陰影面積肯定不小，他總能恰如其分地詮釋惆悵，然後，讓聆聽他音樂的人，像被說中心事一般感到欣慰。

　　如同電影與阮玲玉這個人一樣，某種東西被形塑了，然後凝結在某個時間點上，小蟲的阮玲玉電影配樂陪伴中二病的我度過年少輕狂的那幾年。直到後來，原聲帶中的片段旋律與黃鶯鶯所演唱的主題歌曲「葬心」我還能哼上兩句，也知曉了作曲家小蟲大有來頭，寫過許多膾炙人口的經典歌曲，但我就是沒勇氣去找他所寫的流行歌來聽，或比對某些好歌的作曲填詞人，深怕那個被形塑、凝結、曾經陪伴我的東西消失，即便每次與朋友KTV歡唱時點唱「情關」、「心太軟」，我仍渾然不知。

　　《人生短短幾個秋》來的倉促。二〇一九年底，即將耳順之年的小蟲計畫出版人生第一本書，授命成為編輯的我僅有三個月時間工作，簡而言之，我得在完全不認識這位作者，或對這位作者僅憑拼貼想像的情況下，完成這本書。因為對我而言，小蟲根本不是一個人，而是某種時代象徵、精神，

或某一種類似形容詞的氛圍。

　　直到第一次碰面，我才鬆了一口氣，同時也大吃一驚，原來小蟲真如其名。

　　沒有想像中的遠眺凝思，沒有既定印象的鬱鬱寡歡，小蟲完全不像他的音符，若不是先看過近期照片，會以為自己認錯人。他小聲說話、大聲笑，笑起來眼睛瞇成線，毫無忌憚地展現笑點下限，似乎什麼事都能逗他開心。他聽人說話的時候很專注，眼神望眼欲穿，就像付了錢看老闆將霜淇淋擠進甜筒的孩子，熱情難掩，不加修飾。

　　尤其聊到創作，小蟲像被點著的仙女棒，滋滋作響，話題跟不上思緒，東奔西跑，就像個頑皮小孩，不在意犯錯或違法，每件事對他來說似乎都新鮮有趣極了。談話過程中，腦中雖然好幾次響起「葬心」的旋律，卻又因為他天外飛來一筆的靈光乍現，而消失幻滅，我不只一次懷疑阮玲玉電影配樂真是眼前這個人所作。不僅剪報裡一代巨星的泛黃照片一寸寸剝離，甚至錯覺這位女星正撩起裙襬，狡猾笑著躡腳溜走。

　　後來仔細搜查了小蟲，琳琅滿目各種敬稱、頭銜與評論橫跨台灣樂史三個世代，尤其他不只活躍於流行樂壇，更因

為在電影配樂上取得傲人成績，讓作曲地位更獨樹一幟，簡單來說，已經不只是流行音樂的作曲家。這讓人想起拿過五次奧斯卡最佳配樂（五十一次提名），同樣橫跨配樂與流行樂壇的大師 John Williams。

如此的天賦，卻又玩世不恭，如果真得找個什麼樣的人物典型來形容小蟲，腦中唯一閃過的可能僅有金庸筆下武功蓋世的周伯通，天性純真爛漫，滿腦子胡鬧點子，像孩童一樣任意妄為，喜歡無拘無束地玩，與世無爭。

即便如此，在提筆寫這篇序時，耳中聽著讓小蟲拿下第三十五屆金馬獎最佳電影原創音樂、最佳原創電影歌曲獎的陳沖電影「天浴」配樂，仍很難將如此驚人的音樂成就與那個似乎下一刻就要搗蛋作亂的小蟲劃上等號。或許即便到了書做完，出版了，我恐怕還不認識這位作者，因為他很可能在闔起書的下一刻，又搖身一變成了編輯從沒見過也無法想像的樣貌。或許是真的高深莫測，但更有可能是他還不急著讓大家認識他。

真的，我並不那麼認識小蟲。

人生短短幾個秋

人生短短幾個秋

你真，我就真

你假，我放生

我是一個小沙粒

一個快樂的小生命

見過的故事都不到千萬分之一

上天厚愛

給我很多美麗的音符，跟美麗的畫面

讓我有能力貢獻分享

在春天開花

在夏天一起翠綠

在秋天一起想念彼此

在冬天一起團圓取暖

自從追求極簡生活

我的朋友更少

但更精細了

生活中用不到的東西，都丟了

包括需要交際應酬

帶面具偽裝的人類！

現在留下來的，都是我要的，我愛的

這讓我自己感到無比的快樂與富有

謝謝在生命的最後階段

有你們這些家人的陪伴

我很珍惜！

with love for you guys!

你們太識貨了！

我的確很優！呵呵

我的生活中有太多的精采是跟我的密友有關的

不能說

沒經過對方的同意是不可說的

就好像我的歌手們

他們有太多在工作時所留下來的私事是我這個做他們依靠的

老師

所應該幫他們保密並保護好的

不能公開！

我的工作跟醫生一樣

是要有醫德的

這些不能說出來的祕密

是一定隨我一起消失的……

有個朋友好心跟我說

自拍時多等幾秒鐘，能對好焦

拍出來的照片會更清楚

這道理我也知道

就好像凡事等一會兒再做決定

可以讓事情更明朗化

但是，說真的

說我心急也好，說我看事情不夠清澈也好

我的人生，我還是習慣一切憑感覺

對錯也是我的生命，我自己承擔，我自己作主

平淡無奇隨便去

明淨湖水月當明

有來沒來竹照生

何必起風弄漣漪

怎麼過了這麼多年

我為什麼還是那個那麼容易被騙的小孩呢？

是我在縱容什麼嗎？

我堅持的善良，跟願意相信別人

難道那麼不需要受到保護？

而我為什麼還依然這麼樂觀的活著？

難道這是天使的宿命？

呵呵……

我希望我真的是天使……而不是天屎？

怎麼繞了一大圈還是回到「圓」點？

生命真的是圓的？

我想去山上當山上孩子的音樂老師……

獨坐夜裡寫東西

還要幾晚才放晴

左右上下都是音

誰都不懂我的急

極就在彈指之間

一不小心就會變成急

越簡單的歌，越不容易寫

新鮮的食材，是不需要靠紅燒來提味兒的

不是我的世界太複雜

是你的眼光太短淺

千萬記住

時間不等人

想幹嘛，就幹嘛去

我喜歡簡單

是個說到做到，信守承諾的人

這是做人應該有的基本禮貌

如果你做不到

請不要跟我說

免得我對你人格扣分

見面說話吧

不要只打電話，也不要只傳訊息

畢竟說話表情及聲調會讓意思差別很大

而且每個人的心理解讀不一

難免會因為當下心情不同

而加油添醋，扭曲事實，容易造成誤解……

幹嘛給彼此一個找麻煩的機會？

這時代感情很脆弱

可以因為幾個字破裂

你在乎我，我在乎你，才是個事

否則，你是誰，關我屁事

我喜歡獨處，不是孤僻

不需要通過人際關係來獲得精神上的滿足

安靜的環境有利於我的思考與探索

從而讓自己不斷的超越自己，做出成就

雖然偶而也會感覺孤單

但孤單對我來說，是一種很特別的享受

就像吃苦瓜一樣的特別

我真的很愛撿石頭

握著它可以聽到很多它看到的故事……

我這一生簽過多少個名？

遇見多少個緣分，而他們都把我的簽名保存的很好嗎？

對這個簽名的人有沒有失望過？

真的不能辜負人家對我的愛護

呵呵，我會不會對自己太嚴格了啊？多少人會在乎這個？

活著

有很多東西是無價的，買也買不到的

只有有智慧的人才會懂得！

除了寫作以外

還要有時間去過自己的小幸福

享受愛人與被愛的珍貴

不要在乎得失，這才是來到世間的目的

快樂來自於無所求的珍惜當下

很多人說

當你會開始想念老朋友時，你就有老的象徵了！

但我總解讀為

因為你更懂珍惜緣分，及感情不易這件事

不再漂泊尋找各種浮面不實，一時絢爛而又短暫麻醉的東西

終於知道安穩生活以及愛你的人，才是最重要及珍貴的

最後我為我認識這個長大的自己

是如此一個重情又有智慧靈魂的人，而感到驕傲！

若我不能為別人帶來幫助，我的生命將是沒有意義的

我跟什麼人都可以相處的很好，都可以成為莫逆之交！

唯有一種人不行

就是對方不相信他眼中看到的我，卻只聽信別人隨口捏造的

我

你不尊重我，我也懶得尊重你！

做音樂

一分錢，一分貨

就跟做菜一樣

沒錢，只能做泡麵

無法做滿漢全席

讓做音樂的人沒飯吃

就等著聽便宜的音樂啊！

這道理很簡單，不是嗎？

右手骨折快痊癒時

久違了右手，試著拿筷子吃飯

為什麼以前都不知道

用右手作事是這麼有成就感？

是因為他一直都在

所以「理所當然」不用在意？

人就是貪心，不懂感謝與珍惜

給你再多，你也認為是應該的

然後

就等著失去後再後悔吧！

有右手真好

黑白切說，只要有沾醬

什麼熟了都會能好吃？

這就是我為什麼時常想念會烹飪的媽媽的原因

因為我不要，也不會一直是那個沒追求的俗子

那些用時間和愛所為你煮出來的味道

就是無法讓人忘記

那天跟流浪貓阿金玩著玩著……想到寂寞的彼此

一個人在旅行，這段沒有媽媽的日子

十三年了

很想念

也無處可說

就莫名的感傷了起來，眼睛就濕了……

我記得那天我一個人坐在在火葬場前

我彷彿聽到媽媽跟我說了四個字與世無爭

而我也跟她說有你真好！

想了很多的朋友

來了

走了

好久沒見的

還有永遠不見的……

都在我心裡，我都想跟你們說，有你真好！

我這一生謝謝你們了

時間不斷地繼續成長及改變！不管人在或不在……

很多事

往往只有一路堅持的有福之人，才能真正看見它的美……

人與人之間也是如此

我覺得我的特殊專長

就是

在有愛的善良裡

不管外面如何刮風下雨

如何天寒地凍

都還能繼續有愛的善良

遠處高山綠松

竹林清風柔柔隨意禪坐

淺嚐一杯喝了不醉的酒

桃花樹下書中美人與共

揮動手尖水墨

徐徐牡丹盛開隨筆勾落

焚香花海萬千引歌朗誦

望月聽泉潺潺蓮在笑中

聽著雨 聽著風 滑悠悠河水盪起一葉舟

忘了我 難不求 你情我願何須問誰說

我遊山玩水樂在其中

恰似神仙東南西北遊

緣起緣長久 緣走緣不留 雲想衣裳花想容

我吟詩作對

樂在其中

難得尋幽訪古人漫走

來者莫蹉跎

去者莫犯愁

人生短短幾個秋

雲白水袖迎風 花瓣偏偏起舞飄在天空

放下煩心自在

如魚水中

順其自然過得

輕

輕

鬆

鬆

有個人看到路邊一朵美麗的花

聞了花，感覺很香

就直接把它摘下帶走！

另外有個人看到路邊一朵美麗的花

欣賞了很久，拿手機拍了照片

然後順手拿起手上的礦泉水，澆了花後離開……

這就是喜歡一個人跟愛一個人的差別

我認為所謂愛

不是讓他變成你要的樣子

而是讓他擁有他自己想要的樣子！

這才是愛

我

不會演，我很真

我不說謊，講話太直

我很善於觀察細微，容易一針見血的揪出心機

我有愛，我善良

所以當然容易被陷害，被報復……

那怎麼辦？

我只有苦往自己吞

並繼續正能量滿滿的幫助他人

相信老天自有定奪

至少

沒有愧對自己

沒有傷害他人

只在乎沒有利益的互動，及實際溫度的接觸

沒時間只體諒別人，而忽略了自己的感受

就算有時間，也要看我願不願意？

對方感不感謝

每天都要歸零

重新洗牌

把握機會不讓昨日的穢物殘留

來侵略百分之百屬於你完美的一天

過去的成分存留的越多

今日能享受的空間就會越少！

我只留加分的

不留扣分的

人性複雜

不適合我這種簡單腦子

我的腦子只裝音符

其他

我不會

我這個人喜歡簡單的來往

你怎麼對我

我就怎麼對你

什麼頭銜對我來說

並沒有那麼重要

我只在意我這一生中

做了多少我自己想要的成就

我

再好吃的餐廳

需要排隊的，一概不吃！

長再好看的人

一堆心機自私自利的，一概拒絕往來！

思考很重要

不是因為

不想變成一個無知的人

而是反省自己

不要變成一個讓人討厭的人

我要

仔細

想想

今天……

不求有人喜歡

但必須確定自己沒有傷害人

當碰到垃圾人時

我瞬間一秒變聾變瞎變啞變傻變笨……Hold 住全場！

唯一記得的是

我只愛我自己！

那天早上

起床走到書房，看到書桌上

我的手機被壓在昨天沒吃完的花生上

可能阿姨擦桌子的時候擺的，忘了恢復原狀

本來有一點點情緒

後來我笑了⋯⋯

紅色代表好事

加上花生

不就等於今天有好事發生嗎？

感謝冥冥中上頭有訊息！

我是天使？還是魔鬼？

我自己說了算！

不需要誰來幫我決定

你是天使，我就是天使

你是魔鬼，我就是魔鬼！

我的幸運

可能來自於平常我也給人幸運

相對的

你給人厄運，同樣也會回到你身上！

你對別人做的，最後都會回到你身上

我不會因為現在騙子多

而讓自己更加冷漠

我願意給

是在增加我的福報

你欺騙我

是你自己在積累業障

怎麼覺得

最近眼睛見到的人

像極了亞當夏娃吃了蘋果之後的樣子！

就是那種貪婪又沒羞恥心的那種，純真善良完全沒有！

是我的火眼金睛變強了？

還是你的防護罩壞了？

一直在我心中的快樂時光……

童年

在表面上

或許只有一次！

但在心理層面上

可以永久……

如果你能一直保持乾淨心靈的話

我會不會太放浪了點？

老是說走就走！

是一種有主張的耍廢

只為了滿足自己需要的一點溫度

我是瘋子

不可以嗎？

如果你有福氣

在人生的道路上，你將會遇到屬於你的好老師

跟對了老師，就會有對的世界！

但我相信，每個老師都一樣

不喜歡教不聽話的學生

光聽話是不夠的，還要會去做

你要一個老師無私的為你傾囊相授

那你必須得拿出你十足的努力與情感，來讓他感動！

要不然，他也只會雙手插背後的遠遠看著你而已……

不管我出國多久

我家門外的流浪貓阿金還是沒有忘了回來看我！

有時候都覺得動物比人有感情

並且經得起歲月與風雨的考驗！

不禁令人疑惑

到底誰才是真正的畜生？

我慶幸我的腦硬碟會自動過濾掉那些拉圾人事物！

不會佔用我的腦容量

到了吃大閘蟹的季節，一堆人瘋狂的爭先恐後！

我就在想，我到底是啥命？

不會喝酒

喝不懂茶

吃不懂也不愛吃魚翅山藥秋葵燕窩大閘蟹松露魚子醬雪蛤什

麼奇奇怪怪的山珍海味，

那些所謂高端的食物

一概沒興趣！

又不迷信名牌

懶得保養自己

也不懂玩車……

奢侈的享受好像跟我都搭不上線

自己也不追求

可能天生就是個窮小子吧

每天都在看自己

是沒發現老？

還是不承認老？

呃……

應該這麼說

老是什麼東西？

是哪位？

我還真沒想過這是很重要的事

有很多事

要有山不轉路轉的思維

才會有無心插柳，柳成蔭的機會

家裡沒蔥沒薑

昨晚涮肉鍋沒吃完打包回來的鮮羊肉

山不轉路轉得煮成一道非常美味的佳餚

好吃到想打人！

我真的蠻討厭我自己的

會做的人

會在事情的本質上

看到他的優點！

進而發揮他的潛能及優點

不會做的人

只會把本質上的優點做爛掉！

更蠢的是

有些人還沾沾自喜的繼續

怎麼死的都不知道！

我喜歡跟小孩子合照

因為我都有錯覺

我也是他們其中一員

只是我的肉殼尺寸比他們大而已

最近對沙發情有獨鍾

我的偵測器是否又偵測到什麼……？

或許只是貪圖慵懶與舒服的感覺而已

還是因為我最近在寫小朋友要唱的歌？

還是我本來就是個小孩子？

就會像小孩一樣喜歡賴在沙發上？

沙發真舒服

坐在上面

有一種完全被擁抱的感覺

經常擁抱別人的人

也需要被人擁抱的

我可以給你

當然也可以收回！

不要測試我的

善良

心軟

它也會因為某些社會垃圾

變得更加

心狠手辣的！

只有心懷不軌的人

才會覺得我難搞

愛我我愛的人

才會看到我純真的像個孩子

我常常在自己辛苦後

給自己做點好吃想吃的東西

犒賞自己

今天給自己燉了一個一百分的排骨蘿蔔湯

加了些苦瓜與蘑菇

淡苦淡甜

就像木質香水般

有著沉隱的風味

很像我的個性

只有心裡真的有你的人

才會永遠不走

而且不用天天見面

也會一直想念

會知道你一個人的寂寞與不易

也願意有空就來陪你

即便只有幾小時

也彼此感到安心……

我很幸運

我有好多都不是有血統關係的家人疼愛著我

有時候自己工作得有點累

就在想，為什麼我都沒有靠山？

終於明白

因為我就是山！

我是一個長情的人

更是一個愛累積感情的人

隨著歲月頻繁的接觸

才會有積累

所以才長情

若長時間不互動

最後只會變成，只是認識

隨著時間淡化，情？有嗎？在哪？

在乎我的人

你的人生，我會盡力幫你添加色彩

不在乎我的人

你應該謝謝我在你身上浪費這麼多時間！

AB 型個性極端

只靠近純真實在的感情

不接受囂張有心機的現實貨

很傻很直

改不掉（攤手）

沒辦法

要交朋友

就實實在在的平等真心對待

我是那種很容易發現真偽

知道後也不會說

安靜離去的人……

我其實這輩子最大的願望，就是想擁有一個孤兒院

能夠有能力收養栽培那些沒爹沒娘的孩子

讓他們跟別人一樣，也能擁有一個有愛的家！

是的，一直都在我心裡，每年的生日我都會 I wish 的許下這

願望

但一直都沒有實現……

sametimes 夜深人靜的時候，我就在想

或許，我還不夠資格做這件事，我的智慧跟能力可能還不足

所以我才一直都沒有擁有！

老天當然就不會讓我 dream come true!

每次不管什麼事沒達成，我都會這樣告訴自己

一定有什麼不及格的

一定是我還沒資格擁有

那就繼續努力嘍

就算這輩子真的都沒辦法實現

至少我有努力，而且也盡力了，I did my best.

不喜歡左右邊空著

因為這樣很容易讓冷空氣進來

而感到寂寞孤單

尤其是在冬天⋯⋯

所以

老是喜歡把兩個枕頭放在左右邊

假裝有人陪⋯⋯

被音符折磨的快不成人形了⋯⋯

誰會知道一首歌的誕生要燒多少腦細胞？

要忘記多少頓飯？

日夜顛倒到自己不知道在什麼地方？

需要一點陽光，一些想要的溫暖

就會讓自己覺得這麼做是值得的

繼續自己折磨自己⋯⋯

為了冬眠，為了閉門寫作

驅車一下午大採購

因為大失血，臉臭⋯⋯

終於回到家，關上錢包，頓時安心許多

不是我喜歡搞孤僻

而是不想把我寶貴的時間

隨便給不真正在乎我的人

常常要給自己有機會置身在一個陌生的環境裡

與自己好好相處幾天

這是一種讓自己心態更年輕的過程

就像用西瓜煮麻辣鍋

用香蕉沾馬鈴薯泥吃……

去習慣不可能中的可能

擴建並更新自己的生命引擎

一直覺得窮人家小孩要認命努力

受委屈了，夜裡擦乾眼淚，白天繼續

背景比人家弱，為人要卑微，被欺負要忍耐……

活過半百，終於明白，身分並沒有分貧富貴賤，人人平等

尤其是自己有高尚的情操，善良又有愛，獨有的天賦及能力

不需要再對人過分謙卑，對方還不見得比你人格分數高

但切記，不能囂張，不能傷害人，即可！

還是自己給自己的那句座右銘：

人生短短幾個秋

何必在乎有沒有

我每天一定要看看周圍的綠植

因為一定會有好消息

開花了

結果了

長多一片葉子了

長高一點了

……

我覺得我好幸運可以每天看到他們……

我是浮萍

昨天一隻小魚來咬我

雖然有點痛

葉子也因而殘缺

但看他吃飽開心走開的身影

我也笑了！

我相信生命因分享而美麗

今天溫暖的陽光還是準時到來

我伸展我的懶腰

給這世界最好看的笑容！

常想

雖然我沒有像隔壁雞蛋花伯伯有塊土地可以安居

只能跟著水到處流浪

還能有同伴們一起相依

也算一樣有個家了⋯⋯

愛我的

我回愛

我愛的

我去愛

不就這樣就好

我也沒那麼偉大到一定要怎樣

在世上

好好貢獻自己的使命與能力

把愛傳留下來

完善自己

好好的快樂過日子

其他的

真的不重要

謝謝大家愛我

我這輩子真的已經夠幸運，夠幸福了！

感恩

當人習慣被追捧

就會開始覺得自己高人一等

然後目光只會往頭頂上看

說真的

你不覺得你只是一隻會表演的猴子而已嗎？

是大家娛樂的對象？

大家隨時都在等你換裝表演？

如果你跟這人在一起

你更快樂又變成更好的人

那恭喜你，你找到對的人了

如果你跟這人在一起

悲傷寂寞多過快樂

每天都要為他犧牲自己

生活上儘是他給你的煩事

那你要考慮考慮要不要讓他繼續消費你的命

再當他的奴隸了

因為太愛

感情太深

無法承受背叛

才會耿耿於懷

解鈴人當需繫鈴人

如果繫鈴人不來解

其實無所謂

只好如壁虎斷尾

雖有缺憾

依然保有完整

不為一棵樹

壞了一座森林的另尋快樂

才是王道

不需要為蠢人來懲罰自己

把自己也搞成蠢人

當你發現自己愈來愈孤單

愈來愈懂得怎麼快樂的跟自己相處

你應該感到高興

因為

你已經漸漸的脫離社會細菌

不再是

隨波逐流的難民

而是一朵山谷中不被污染的幽蘭

珍貴的情感與時間

只給真心在乎你跟你在乎的人

其他的

都是浪費生命

搞爛事根本不需要使太大的勁

只要有個腦殘的就夠了

對擁有的，要感謝

你才會再擁有

人有時候太把自己當主角了

誰都要

聽我的

看我的

殊不知

要當主角

也要有足夠的實力才會有掌聲

但偏偏就有些人總沈溺於魔鬼的便宜贈品中

最後

把自己的人生演爛成獨角戲

人都紛紛散去

誰也不想看！

人生一定有很多狀況只能呵呵兩聲帶過

除了呵呵

還是呵呵

然後繼續呵呵……

啥也不用放心上的

只過自己的日子

呵呵……

沒有人不想創新

但前提是

你要知道你身後有沒有糧倉

有沒有創新的資本！

而前人所留下來的

就是糧庫

這就是創新的根源

不要吃了人家種出來的米長大

還在那邊說飯是你創造的

被我罵髒話

表示我對他已經夠仁慈的了！

至少

有把它當個會動的東西看

有些人愈久愈好看的原因

是因為

感情是積累來的

彼此愈來愈喜歡對方的人品

還會給予

相同的照應

相處起來不累……

因為喜歡

所以

怎麼看都不會厭煩

努力做一個會升值的績優股

而不是一張下車就被丟到垃圾筒的車票

喝水必須感謝源頭

不是只感謝給你杯子的人

沒有水

給你杯

有用嗎？

事情必需看最原始的點

才是你該有的判斷

一分錢

一分貨

你找的是爛人

當然得到的就是爛貨

貪小便宜的結果

當然得到的就是便宜貨啊

一個不問

一個不說

一個不退

一個不讓

一個不追

一個不等

一段關係，有時並不需要什麼理由

它只是一直悄無聲息地疏離……

沒有誰不珍惜誰

只有誰不想理會誰

裝睡的人，當然叫不醒

裝死的人，當然救不了

裝傻的人，都喜歡演逼

你活著的意義不是為了處理垃圾

有信心的很自然，才叫自信

如果不自然的有信心，還是叫沒自信

別每做一件事情，就抱怨一件事情
你的世界都被你自己走窄了

如果每個人都像你這麼積極負責
那你還稱得上優秀嗎？

再難過

還是會過

只不過是早過晚過

既然會過

不如讓它早點過

上等人

是會幫助需要幫助的人

中等人

是見不得別人比他好的人

下等人

是不管怎樣都要把人踩下去的人

過河拆橋的人

不是人！

當你貪心了

你的人生就開始黑暗了

當你不覺得應該對凡事感恩

那你就注定你的生活不會再快樂了！

我願意繼續讓你騙

是因為我願意給你機會改過自新

我不在乎你會不會道歉

但我期待有一天

你會體會到我被騙傷心時的難過

並且知道我有多珍惜我們

要懂得捨得

而且要真的懂得

別

不該捨的捨

不該得的得

捨了該留的

得了該丟的

要用很長的時間去相信

要用很多心血去鍍金

我是一個不喜歡改變生活習慣的人

改變

會讓人不知所措

就像小孩子一樣

離開他熟悉的床

會失去安全感

就會哭鬧

奈

何

生命永遠都在失去與改變

強迫著長大

不得不接受這樣的現實……

喜歡你又在乎你的人

會因為你做的好

為你開心

以你為傲

不喜歡你又不在乎你的人

直接冷淡無感

做得再好

他都會只會

嗯嗯

喔喔

健康的心靈，是主導健康的肉體的！

所以並重，甚至更重要！

往往欲望的得失心，就會影響心靈健全指數！

不是只有肉體運動就足夠認為自己很健康！

所以

老是自私傷害人的人

基本上都是有病的！

最近周圍原本不抽菸的朋友，都開始抽菸了！

倒不會去想這個世界怎麼了？

這個世界本來就每天在變

人們懂越多

欲望就會越大！

就會沒有以前那麼的簡單平靜⋯⋯

反倒是覺得香菸果真有療效！

而且效果顯著，它是有它的功勞的

很多事不能只看一面！

就好像聖經裡的妓女，誰有資格對他丟石頭呢？

時間是最厲害的照妖鏡

壞人不噁心

因為你知道他是壞人

最多離他遠一點！

最噁心的是

偽裝成好人的壞人！

而他還靠你最近！

水溝只要不乾枯

就會有機會變大河

水溝不暢通

不滋養萬物

就不會有共存的機會

會變臭水溝！

然後

慢慢的乾枯⋯⋯

有一種愛，叫就想對你好

在你困難的時候會伸出手的

都是真心把你放在心上的人

要珍惜一直寵著你，疼著你的人

因為會這樣對待你的人

不會太多

那些不顧你的感受，而離開的人

可以作廢了！

有些關係都是由你的主動

而維繫著的

其實都是你自我感覺良好的一廂情願

不信你放著都不要主動看看

你就會發現

根本沒這個人存在你的世界裡

會唱歌

人品不好

就等於沒靈魂

怎麼唱也不會動人

這個大人怎麼樣

看他的小孩跟他養的寵物就能知道了！

當然如果大人很好

小孩很壞

那就要懷疑他的爺爺奶奶那一代人了……

凡事斤斤計較的人

人生遲早會變黑白

跟頻率不同的人接觸

真的還挺累人的

尤其是那些只想他自己

從不替別人著想的人

活得漂亮

跟年齡無關

不用在意不願懂你的人怎麼想

干

他

屁

事

！

命是自己的

自己開心最重要

聰明還要加智慧，更必須要比人努力！

耐得住寂寞

堅持到底

自愛自律

才會有成功的機會！

說的是機會，還不見得會成功喔！

所以成功沒那麼容易的

人雖老了，但還有魅力

那絕對是寧缺勿爛所養成的氣質

但最基本的是，心要好

為什麼喜歡一個人

他就變成你的老闆？

可以掌控你的喜怒哀樂？

等你沒感到卑微

一切自在時

那個人才是對的

愛攻擊別人的人

通常都是心懷不軌的

他用先聲奪人來掩蓋自己的病態，拉陪葬

笨，就勤勞一點，勤能補拙

搞不好還會有人來幫你！

錯，真心道歉，知錯能改

相信會有被你勇氣感動而原諒的人

誠實一點，心不就海闊天空了嗎？

不要，笨，還在裝聰明，錯，還要演無辜

天真的以為自己演技高超？

然後被人家唾棄一輩子都不知道

值得嗎？

當你開始不在乎了

你就能輕而易舉的抓出問題的毒瘤在哪裡！

不要用自己的無知

去挑戰別人的專業

那些心裡沒你的人

真的不需要花時間去理會

更不用問為什麼？

不就是你沒有他需要的東西而已嘛

有些美好

會出現在剛剛好你在的位置

它在給你這一生中最美好的畫面

這一生都不一定會再出現……

珍惜眼前

先懂得飲水思源及前人種樹的道理

做人要誠實禮貌

損人利及的事不做

再來跟我講你有多優秀吧！

否則

那也只是個江湖賣藥的

一場騙人的把戲而已

懂你的人，不需要你解釋

不想懂你，或只在乎自己的人

跟他說再多，也是廢話！

如果你不覺得那是一種傷害

那它就會變成一個值得欣賞的藝術品

不要貪

就不會有麻煩

就算吃虧

也是個功德

年輕時總為事情做不完而怨聲載道

現在為事情總做不完而眉開眼笑

懂得珍惜感謝

果然能讓能量更正更強

並且會幫助你日子過得更快樂！

面對並去做討厭的事情

你才有機會過舒服的日子

人生

就是一個

被騙得心甘情願

被騙得撕心裂肺

還知道

餓起床吃東西

然後

繼續然後

直到

不能再然後

別天真了

你在別人心裡沒那麼重要！

你要是覺得自己受傷？

那只是你自我感覺良好而己

所以

演夠了

就起來！

別在那邊裝屍

浪費人生！

又沒人要看這種爛戲

當惡人很爽

尤其是碰到願意相信你又能讓你欺負的人

你就可以玩的隨心所欲！

難怪被追求者特別矯情

排在前面的人

當然會比較快用到餐

在你身邊越久的人

就應該得到越特別的對待！

付出是有分重量的

付錢也有分多寡的

所以得到的東西才會不一樣

做自己

是要有智慧的

做得讓人羨慕，那是做活自己

做到讓人想吐，那是做死自己

很多人的關係變了

都是因為別人的嘴

及自己無知壞掉的耳

還有腦子有坑！

人生有四季

從春天開始織衣……

每做對做善了一件事

就會擁有一吋布

做錯做惡了一件事

就會消失一吋布……

你擁有多大的布了？

夠你在人生的冬天溫暖嗎？

或許你現在還在人生中的夏天

不在意

沒在意

不會發現那塊布的重要性

這塊布

不是只是給你擋風遮雨或擋寒擋凍

還會幫你擋住「羞恥」

除非你是一個沒羞恥心的人

當你等不到對方的承諾時

你就應該明白

那只是客套的公關語

那些話

基本上是個屁！

不用上心

而那些人的人格

也就只有那樣

可以當垃圾看

在茫茫人海中

能遇到一個真心對你好

又不求回報的人

是一種幸運，也是福氣

有心裝著你的人

就應該感恩並珍惜

千載難逢，千金難買，一個真心在乎你的人！

你只剩下那麼一點利用價值

要不然跟你交朋友幹嘛？

不把你當一回事的人

絕對不會欣賞你的善良與仁慈的

這時代誰管你人品有多好……

很多事

表面上看起來都是別人的錯

但仔細想一想，追根究底的結果

原來都是自己的錯！

可不是嘛！

如果你沒有知覺，你哪會有這麼多的感覺？

如果不是你，怎麼會知道有這些事呢？

誰說看起來是天使，就一定是天使？

誰說看起來是魔鬼，就一定是魔鬼？

誰有資格斷定

說真的，我還蠻好奇的

你的皮膚到底是怎麼保養的？

可以這麼厚？

而且臉怎麼看都那麼髒！

同一個破碗放在路邊

跟放在故宮

是不一樣的價值的！

你的價值

只有欣賞你的人

才會發現價值

不要停留在不適合你

或不欣賞你的地方

智者造橋，愚者築牆

冷漠當個性

粗鄙當豪情

無知當簡單

失禮當率真

低俗當可愛……

自我安慰嗎？

活得還真可憐

如果

你是一坨屎

蒼蠅會帶著別人的屎飛過來

如果

你是一朵花

蝴蝶會帶著別人的芬芳過來

只有善良

才是花

遠離你的

都不是同類人

有能力時

幫別人加點光

千萬不要吹滅別人的光

聰明的人，會讓自己快樂

有智慧的人，會讓別人快樂

要去面對並接受自己不習慣的人事物

讓自己更百毒不侵

水很深……

愈多的糾結

愈多的自私

你的石頭就愈大

石頭愈大，就愈向下沉淪！

唯有丟掉那些執著又自私的石頭

你才有機會浮出水面

吸取太陽溫暖的光……

愛你的人

會用你需要的方式來對待你

只愛自己的人

會用他需要的方式來對待你

智人，凡事都往好的想

以歡喜心，想歡喜事，天天快樂

愚人，凡事都往壞的想

處處懷疑，愈想愈苦，終日煩心……

好與壞都可以心想事成的

既然可以想出天堂

為何非要想出個地獄來呢？

每天都可以重新洗牌

然後打副好牌

再來個槓上開花！

機會

來自於自己願意放下

活到老，玩到老！

把自己貢獻在世上

生命若自顧自的

呈現不「溫」不火的生命力

在舒服圈待著一成不變

就等於慢慢等死

浪費社會資源

願意無條件的給

就顯示你是富裕的！

老是有計算的給的人

永遠是貧窮的

現在噁心又不覺得自己噁心的人

越

來

越

多

了

超越境界

已無快樂與不快樂的形容

快樂與不快樂是缺的人的訴求

好好享受當下的意念

只有啥都不缺的人才會明白

不足的人

才會想盡辦法突顯自己

證明自己能幹

就像不新鮮的食材

必須紅燒來掩蓋

意思是一樣的

那些埋過心的地方，現在都長滿了草……

反而

那些沒放進心的地方，卻甜蜜果實累累……

人生無常

人與人的關係

老失常

好想吃大腸包小腸

刻意把自己置身在創傷性的回憶中

只是為了再次展現自己那種蜷縮在角落的安全感⋯⋯

極度無聊

對愈親近的人

要愈尊重！

要給予比別人更好的

才是該有的行為

如果你覺得對自己人

可以不用理會的隨便

那你

不配當自己人

只有家的味道

才是寶藏

漢堡薯條

只是一時的痛快

是假的

演久了，當然會很累

只有真的

才不用演，再怎樣也不會累

感情是互相的

你真

我就真

你假

我放生

迷迷糊糊的過日子

比較快樂

但迷迷糊糊就沒辦法把事情做好

事情做不好

也就沒有機會把日子過得迷迷糊糊些……

那些看似迷糊過日子的人

一定有偷偷練功

或

已精明過

然後

與世無爭

要不然就是完全擺爛耍廢裝傻……

善待別人，就等於善待未來的自己

相對的

禍害別人，就等於禍害未來的自己

凡事都會有反射作用

你給別人的，其實就是給自己

你對別人做的，最後都會回到你身上

在還沒有親眼看到真相時

就使出自以為聰明的怪罪

在在都赤裸裸的把自己的愚昧表露無遺……

以前的感情厚如山

現在的感情比紙薄

以前的人，總覺得虧欠對方很多

現在的人，總覺得對方欠自己很多

什麼東西會拖垮你

只有三個字

想

太

多

！

你對人家好

人家一定會對你好？

這是確定的！

只是你所期待的好

跟人家所給你的好

會一樣嗎？

每個個體形式作風都不同

不能說人家給你的好

不是你要的

就不叫做好

看不慣別人做事情的方式

是一件很正常的事！

因為沒人能比得上你

如果每個人都跟你一樣優秀

那你還算精品嗎？

花

每天

按部就班的盛開

美不美？

無需為誰交代

有時候虛偽含笑

會比熱血傾囊

來得受歡迎一些

而且

也不會把自己搞到一身傷！

唐僧很難扮演

憋久了

沒有憂鬱症

也會變失智⋯⋯

匆匆過客

一個地方

只要有個真心在乎你

照顧你的人

那裡就會有個家

有些人都比家人還家人！

要天生心地善良的人說出拒絕

是一件很不容易的事

如果有這個想法時

那一定是老天在為你踩煞車！

這事一定有啥不對勁

千萬不要心軟勉強自己去接受

這等於是反抗天意

當他人罪有應得在被懲罰時

不要當好人相救

因為你完全沒有能力幫他承擔業障

到最後只會傷到自己！

別用自己的習慣去看別人

你以為的

只是你自己的以為

不一定會是別人的認為

以為兩個字是製造炸彈的開始！

要滾，滾吧！

他在傷害你的時候

也沒在客氣的

你還在那邊可惜個啥？

年輕時候

那些只要我喜歡，有什麼不可以的過度自由猖狂

反而沒有現在

在這麼多為人處事的條條框框限制下，來得自在與快樂

那是為什麼？

可能是，乖的小孩才有糖吃的道理

我隱隱約約的感覺到有人在暗中打分數，給賞罰……

把一個好人硬生生的玩弄成壞人

比當壞人還要罪大惡及

當然得到的報應懲罰也是更加翻倍！

回不去的肆無忌憚

即便在懂事的路上

寧願選擇簡單

還是避免不了有雜質

或許這就是純真的難得與可貴

忙

大部分是看人的

主要還是要看你在他心裡重不重要

做不到

就嫌人家不夠好

嫉妒心

見不得別人好

當權就打壓！

這就是低端人種

你的擔心

對一個心裡沒你的人來說

是多餘的

你在他心裡沒那麼重要

他不是不講理

是你根本不在他心裡

突然懂了

在路上

即便你很守規矩在開車

還是會碰到神經病突然冒出來弄你

這就是人生

所以，不是你的錯

小心

看

開

擁抱

可以

治百病

不同的人抱

有不同的效果

如果

沒有人可抱

就蹲下來抱自己的腿

膝蓋一樣會給你溫暖

而且

絕對真心

絕對

不會走

不會背叛

當你的付出被當屎了

你只需要離開馬桶

按下沖水

然後擦擦屁股

消毒洗手

頭也不回的走人

人生是一場雨都澆不醒的執著

因為

你選擇善良的相信一切

沒

有

怨

就會有福

誰有那麼大的能力

想過去的事，就能改變過去？

那是不可能的！

那還想那麼多幹嘛？

傷心傷神傷命，浪費時間！

還不如想明天要吃什麼？

比較實際

臉皮薄的人

是賺不到錢的！

但

是

老天爺並沒有辜負那些始終善良的人

他給了他們

有錢也買不到的東西！

多跟好人在一起

他們美麗的臉孔

就會重疊烙印在你臉上

這就是為什麼有些人越看越好看

而有些人越看越難看的原因！

有多少生命的貢獻

才有現在你擁有的安逸！

是要你

在自己的位置上

釋放對這個世界

該有的

加分功能

不是一味地認為自己已經高人一等

而展現自己牛逼轟轟的傷害和諧

小心！

老天既然能給你

當然也能用各種方式沒收回去！

我們太渺小

或許無法做出對這個世界偉大的貢獻

但至少，我們有愛與善

可以讓靠近我們的人

感到舒服

這也是貢獻

所以

自私的事

不

要

做

會有報應的！

往往我們都會從自己的角度

指出別人的問題

很少會從自己身上

去檢查自己的問題

如果凡事

都能從檢查自己開始

我想

有很多的問題都不會發生

也不至於老看到有些人嘴巴說得一套佛

行為根本

就

是

鬼

好事多磨

但是

磨太久也會爛！

當一個人讓你不開心

或許是這個人有問題

當所有人都因你而不開心

那就是你這個人有問題

一個人讓人舒服的溫度

決定了一個人的高度

人家給臺階下

就要順勢走下來

不要耍任性的演白痴

越爬越高

自造危險！

放過別人

就等於放過自己！

層次越高的人

會越清楚面子一點也不值錢

不用著急去解釋

時間會幫你證明

相信你的人，不需要解釋

不相信你的人，那是他家的事

再高的修養

也無法讓每個人都滿意的

都不是神仙

一切順其自然

心安理得的過好自己想要的日子

就

好

心裡有你的人，不會讓你等

心裡沒你的人，等再久，他也不會理你

你是便宜貨嗎？

誰會喜歡一個便宜貨呢？

智慧就像蛇吞蛋

很困難

還是要想辦法嚥下去

把精華吞進去

把殼吐出來

而且還不會刮傷嘴

夏天本來就是一個讓人變得很焦躁

沒耐性煩悶的季節……

如果再把這種表情散播出來，影響旁邊的人

一反射回來

只會讓自己更煩躁而已，沒什麼好處

所以

你希望別人怎麼對你

你就要先怎麼對別人

不過

這季節

倒是很適合熱臉貼冷屁股的，消暑！

哈哈哈

若真碰到了，笑笑的走開，就能保住性命了！

在不瞭解狀況之前

不要老扮演上帝！

你只是個平凡人而已

並沒有什麼都知道！

不要老愛自己在那邊寫別人的劇本

沒事找事！

你不喜歡的事，別人也同樣不喜歡的

現在的你

是經過很多選擇而來的

回頭看

如果當初你不這樣選擇

你也不會走進這條路

也不會日積月累的成長成這樣

當初你選擇了不計較

你現在就不會有太多的比較與煩惱

若你選擇了交易

你就會一天到晚拿付出去秤斤秤兩的等回饋！

如果沒達到你滿意的業績

你的煩心就會出來了！

甚至拿別人擋自己的過錯

自私的去傷害別人！與人結仇，讓人討厭！

所有所有的經過

就會成為現在你的樣子

都留在你臉上！

照鏡子看看現在剛睡醒的自己

看看你自己那些不能見人的生活品質

再看看圍繞在身邊的那些人蜜糖的嘴臉

這是你要的嗎？

你滿意嗎？

滿不滿意也都是回不去了

那以後可以換一條路走嗎？

當然可以

想改變，永遠不嫌晚！

人生不就是一直在選擇的嗎？

如果你想再重選

那就選

不貪心的

會知足的

很善良的

懂感恩的

愛無私的

這樣你的人生就會變得簡單很多

而越簡單，就會越快樂！

人也就越年輕，越漂亮了

青春只有一次

接下來的是不死的青春

搞不好我們才是鬼魂

停留在一個我們不願承認的世界

不甘心並有所期待的繼續過著日子……

看到的鬼

或許才是真正活著的人

真真假假

是是非非

糾結何必

沒有人

可以給答案的

快樂也過

不快樂也過

還是選擇讓自己舒服就好

迷迷糊糊也一輩子……

人生短短幾個秋

作　者——小蟲

資深主編——謝鑫佑

校　對——謝鑫佑、小蟲

行銷企畫——藍秋惠

美術設計——洞豆

封面題字——黃宥凱

總編輯——胡金倫

董事長——趙政岷

出版者——時報文化出版企業股份有限公司

一〇八〇一九台北市和平西路三段二四〇號四樓

發行專線　（〇二）二三〇六六八四二

讀者服務專線　〇八〇〇二三一七〇五　（〇二）二三〇四七一〇三

讀者服務傳真　（〇二）二三〇四六八五八

郵撥　一九三四四七二四時報文化出版公司

信箱　一〇八九九臺北華江橋郵局第九九信箱

法律顧問——理律法律事務所　陳長文律師、李念祖律師

印　刷——勁達印刷有限公司

初版一刷——二〇二〇年三月二十七日

定　價——新台幣二四九元

（缺頁或破損的書，請寄回更換）

人生短短幾個秋／小蟲著 .-- 初版 .--

臺北市：時報文化 ,2020.03

面；　　　公分

ISBN 978-957-13-8122-0（平裝）

863.51　　　　　109002433

ISBN：978-957-13-8122-0

Printed in Taiwan